生活原来如此
So That's How Life Is

A Momentary Slip Makes A World Of Difference

天差地别 仅在一念间

上海文艺出版社

STORIES

故事会文化传媒有限公司　出品

(00014)

Contents
目录

1 It's Only a Bowl of Rice
不过一碗饭

两个不如意的年轻人，一起去拜望师傅："师傅，我们在办公室被欺负，太痛苦了，求你指示，我们是不是该辞掉工作？"

师傅闭着眼睛，隔了半天，吐出5个字："不过一碗饭。"就挥挥手，示意年轻人退下。才回到公司，一个人就递上辞呈，回家种田，另一个没动。

日子真快，转眼10年过去了。回家种田的以现代方法经营，加上品种改良，居然成了农业专家。另一个留在公司的，也不差，他忍着气，努力学，渐渐受到器重，成了经理。

有一天，两个人遇到了。农业专家说：“奇怪，师傅给我们同样5个字，我一听就懂了，不过一碗饭嘛，日子有什么难过？何必硬留在公司？所以我辞职了。”

他问另一个人：“你当时为何没听师傅的话呢？”

“我听了啊！”那经理笑道，“我在想，不管多受气，多受累，不过为了混碗饭吃，老板说什么是什么，少赌气，少计较就成了，师傅不是这个意思吗？”

两个人又去拜望师傅。师傅已经很老了，仍然闭着眼睛，隔半天，答了5个字：“不过一念间。”

2

Beyond Money

金钱之外

一个欧洲观光团来到非洲一个叫亚米亚尼的原始部落，部落里有位老者，正盘着腿安静地在一棵菩提树下做草编。一位法国商人问："这些草编多少钱一件？"

老者微笑着回答："10个比索。"

"假如我买10万顶草帽和10万个花篮，那你打算每一件优惠多少钱？"

"那样的话，就得要20比索一件。"

商人简直不敢相信自己的耳朵，他几乎大喊着问："为什么？"

老者说："做10万顶一模一样的草帽和10万个

一模一样的花篮，这样会让我乏味死的。”

在追逐财富的过程中，许多现代人忘了金钱之外的许多东西，而那位亚米亚尼老者或许倒是参悟了人生的真谛……

3

The Death of a Minor Civil Servant

小公务员之死

有一个小公务员，一向过着安分守己的日子。有一天，他忽然得到通知，一位从未听说过的远房亲戚在国外死去，临终指定他为遗产继承人。那是一爿价值百万的珠宝店，小公务员欣喜若狂，开始忙碌地为出国做种种准备。

待到一切就绪，即将动身，他又得到通知，一场大火焚毁了那爿商店，珠宝也丧失殆尽。小公务员灰心丧气，从此，像是变了一个人，整日愁眉不展，逢人便诉说自己的不幸。同事们原先都十分嫉妒，现在一起怀着无比轻松的心情陪着他叹气，唯有一个同事非但

不表示同情，反而嘲笑他自寻烦恼：“你不是和从前一样，什么也没有失去吗？”

小公务员心疼得叫起来：“这么一大笔财产，竟说什么也没有失去！”

“在一个你从未到过的地方，有一爿你从未见过的商店遭了火灾，这与你有什么关系？”

“可那是我的商店呀！”

据说，不久以后，小公务员死于忧郁症。

4 The Wealthiest Beggar
最富的乞丐

下雨了，三个乞丐从不同的方向来到同一棵树下，为争一块干燥的地皮，相互打了起来。由于各有绝招，谁都没占到那块不漏雨的地方。雨越下越大，最后他们达成协议：谁最富，谁就坐到那片最浓密的树阴下。

第一个乞丐端着一只大海碗，说："我有十二只碗，我每天换一只。心情好时，我用一只好碗；心情坏时，我用一只坏碗。在东城区我用一只蓝花碗，在西城区我用一只黑花碗，在南城区我用一只青花碗，在北城区我用一只金边搪瓷碗。我每天都用不同的碗吃饭，难道我不富有吗？"

第二个乞丐对第一个乞丐的表白不屑一顾，他放下背上背着的一卷草席，说："这算什么富有？我才是真正的富人。我有十二张草席，我每晚想铺几张就铺几张，并且在南天桥的窑洞里有一张，在北天桥的窑洞里有一张，当然了，在东天桥、西天桥也都有我的草席。晚上我想到哪儿睡就到哪儿睡，就这样随心所欲，我难道不像个富人吗？”

第三个乞丐腿有点瘸，他颤颤巍巍地挪了一下身子，说：“我不像你们那样富有，但我有一条短了一截的腿。普天之下，谁能比一个短了腿的乞丐更富有？”

他话音未落，一个打着伞的妇人从这儿经过，很怜悯地在他的身旁丢了一枚硬币。其他两位乞丐面面相觑，最后，腿有残疾的乞丐便坐到了最浓密的树阴下。

在人类所有的词汇中，“富有”是唯一没定义的词，并不是不能定义，而是能定义的人太多。

5

Into the World of Stars

走进星星的世界

在美国，一位军官接到命令，要他一个人前往靠近沙漠的地方驻防，那里的生活条件很差，这位军官不想让新婚的娇妻跟随他一起吃苦，但是妻子一定要跟他去。

他们在靠近印第安人村落的地方找了一间栖身的小木屋，这里白天酷热难耐，风一年到头刮个不停，更尴尬的是旁边住的都是不懂英语的印第安人，双方无法交流。日子一长，妻子觉得极其无聊。一次，趁丈夫外出参加部队演习，她就给母亲写了信，诉说苦处，并说她将要回家。

母亲很快回了信，意味深长地告诉女儿："有两个囚犯从狱中望窗外，一个看到的是泥巴，一个看到的是星星。"寂寞的新娘并不真的愿意撇下自己的丈夫，想了想，便对自己说："那我就去寻找那星星吧。"从此她改变了以往的生活方式，走出屋外，与周围的印第安人交朋友，并向他们请教怎样编织东西和制陶，还因此迷上了印第安文化，不仅如此，她还开始研究沙漠，最后成了一名沙漠专家，写了一本有关沙漠的专著。

"走进星星的世界！"许多年后，这位妻子回想往事，仍非常动情……

6

Plant Trees on the Tomb

在坟坑上种树

诗人想到人生的虚无，就痛不欲生，他决定自杀。

他来到一片空旷的野地里，给自己挖了一个坟坑。他见这坟光秃秃的，便在周围种上树木和花草。种啊种，他渐渐地迷上了园艺，醉心于培育各种珍贵的树木和奇花异草。他的成就终于闻名遐迩，吸引了一批又一批的游人。

有一天，诗人听到一个小女孩问她的妈妈："妈妈，这是什么呀？"

妈妈回答："我不知道，你问这位叔叔吧。"

小女孩的手指着诗人挖的那个坟坑问，诗人的脸红了，他想了想，说："小姑娘，这是叔叔特意为你挖的树坑，你喜欢什么，叔叔就种什么。"

小女孩和她的妈妈都高兴地笑了。

7
The Touch of Life
生命的感染

一位工人野外工作时被电击而心脏停止跳动，做人工呼吸无效，在旁边的一位医生身边只有一把水果刀，情急之中他用这把小刀切开那工人的胸腔，以手折断数根肋骨，将手探入胸腔，按摩心脏使之恢复跳动，工人死而复生。

所有的人，尤其是医学界人士惊叹之余都疑惑地说："这个人也许不太懂医，他这么做，难道不怕病人感染吗？"

殊不知在那种特殊的情况下，那医生的选择绝对伟大：他有意让病人感染，只有生命存在才有可能被感染，而生命是不惧怕感染的，可以被感染，也可以抵御感染，无论是被感染还是抵御感染，都使生命更具活力。

8

Real Wealth

真正的财富

一日吃晚餐时，一对夫妇谈到他们一些有钱的朋友。他们住豪华的住宅，开名贵的车，享受奢华的度假。太太似乎对自己的经济状况感到沮丧，她对丈夫说：“我们有朝一日会变得很富有。”

丈夫握住太太的手，说：“亲爱的，我们已经很富有了……有朝一日我们会有钱。”

9

Two Daughters

两个女儿

有位老婆婆生有两个女儿，视若掌上明珠。女儿长大之后，大女儿嫁给染坊的掌柜，二女儿成了伞店的老板娘，这样一来，老婆婆的心事就多了：遇到晴天，她担心伞店的雨伞卖不出去；遇到阴天，她又担心染坊的布无法晒干，因此老婆婆的心情从未好过，终日愁眉苦脸、唉声叹气，日子过得很郁闷。

有一天，邻居的一位大嫂高兴地对她说："老太太，您真是好福气呀！晴天你大女儿家染的布晒得快，阴天你二女儿家的雨伞卖得多，您老天天都有好消息啊！"老婆婆一想，还真是这么回事，于是心情豁然开朗，变忧郁为高兴。

同样的事情，只要变更一下思维方法，就会产生截然不同的结局。

10

The Fate of Brick-layers

砌墙工人的命运

三个工人在砌一堵墙。

有人过来问："你们在干什么？"

第一个人没好气地说："没看见吗？砌墙。"

第二个人抬头笑了笑，说："我们在盖一幢高楼。"

第三个人边干边哼着歌曲，他的笑容很灿烂："我们正在建设一个新城市。"

十年后，第一个人在另一个工地上砌墙；第二个人坐在办公室中画图纸，他成了工程师；第三个人呢，是前两个人的老板。

11

Philosophy of a Bowl of Soup

一碗汤的哲理

有一次，诗人林先生有事去了香港，他到一家姓张的老板开的餐馆要了一份他感兴趣的汤。

入座不久，服务生将一大盆汤放在他面前，他一愣，问服务生："这么大一盆汤，我能喝得了吗？"服务生理直气壮地说："你没说明是要一小碗呀！"他一时语塞，匆匆喝了几口汤，心里感到不是滋味，便按一大盆汤的价格付了钱后拂袖而去。后来，林先生又到一家姓汪的老板开的料理店，要了一份同样的汤，也没有说是一大盆还是一小碗。不一会儿，服务

生给他端来一小碗汤，说：“如果不够，可再来一碗。”他只喝了一小碗，当然只付了一小碗汤的钱。再后来，他每次去香港，都要到汪老板开的料理店用餐，包括喝他感兴趣的汤。

张老板开的餐馆，想乘机多赚钱，却失去了更多赚钱的机会；汪老板开的料理店，没有乘机多赚钱，却获得了更多赚钱的机会。

12

Final Choice

抉择

一个农民从洪水中救起了他的妻子，他的孩子却被淹死了。

事后，人们议论纷纷，有的说他做得对，因为孩子可以再生一个，妻子却不能死而复活；有的说他做错了，因为妻子可以另娶一个，孩子却不能死而再生。

有人去拜访了那个农民，问他当时是怎么想的。

农民答道：“我什么也没想。洪水袭来，妻子在我身边，我抓住她就往附近的山坡游。当我返回时，孩子已经被洪水冲走了。”

所谓人生的抉择，不少便是如此……

13

Spider Web

蜘蛛丝

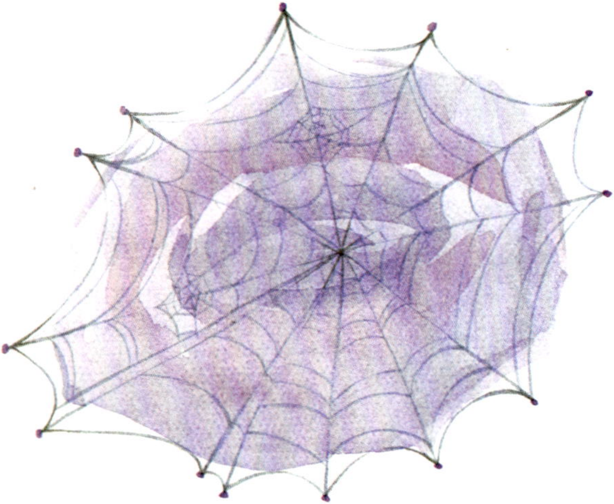

有个恶人，死后被打入十八层地狱，于是他开始忏悔，对自己以往的种种恶行痛悔不已。他想，如有来世，定当改过自新。

他的善心终于打动了上帝，上帝往地狱中垂下一根蜘蛛丝，让他抓住爬上来。这个人大喜过望，立刻抓住蜘蛛丝往上爬。其他恶鬼见状，也纷纷跟着他往上爬，一个接着一个，恨不得能马上离开这地方。

这个恶人起初想，我要改过行善了，让他们同我一起新生也无妨，但抓住蜘蛛丝的恶鬼们越来越多，蜘蛛丝不断晃晃悠悠，马上就要断了似的。恶人终于急了，他抬起脚，恶狠狠地向下边踹了过去，就是这一念之恶，蜘蛛丝立刻就从他头顶上断开了，使他又重新回到地狱之中。

生活正是这样：善与恶的分界仅仅是一念之差，幸运与不幸也仅仅取决于一念之差。

14

Inward Landscape

心中有景

南山下有一庙，庙前有一株古榕树。一日清晨，一小和尚起来洒扫庭院，见古榕树下落叶满地，不禁忧从心起，望树兴叹，忧至极处，便丢下笤帚奔至师父的堂前，叩门求见。

师父闻声开门，见徒弟愁容满面，以为发生了什么事，急忙询问："徒儿，大清早为何事如此忧愁？"

小和尚满面疑惑地诉说："师父，你日夜劝导我们勤于修身悟道，但即使我学得再好，人总难免有死亡的一天。到那时候，所谓的我，所谓的道，不正如这秋天的落叶、冬

天的枯枝，随着黄土而淹没了吗？”

老和尚听后，指着古榕树对小和尚说：“徒儿，不必为此忧虑。其实，秋天的落叶和冬天的枯枝，在秋风刮得最急的时候，在冬雪落得最密的时候，它们都悄悄地爬回到树上，孕育成了春天的花、夏天的叶。”

“那我怎么没有看见呢？”

“那是因为你心中无景，所以看不到花开。”

面对落叶凋零而去憧憬含苞待放，这需要有一颗不朽的心，一颗乐观的心。只要心中有景，何处不是花香满径？

15

100 yuan & Half the Bun

100元钱和半个馒头

一个商人和一个流浪汉死后来到了上帝跟前，上帝问商人："你凭什么想得到永远的幸福呢?"

商人说他那天在街上给了一个叫化子50元

钱，上帝冷冷地摇了一下头，说这还不够条件。

“等一下，等一下，还有，”商人说，“上个月，我绊倒了一个无家可归的女孩，并给了她50元钱。”上帝沉思了一会儿，便让商人留在地狱里。

上帝又问流浪汉：“你凭什么想得到永远的幸福呢?”

“抱歉，我没有什么特别值得称颂的事，我做事总是问心有愧。”流浪汉低声说，“去年一个冬夜，我把乞讨来的半个馒头给了一个生病的乞丐，但那晚他却冻死街头，我好后悔没把他带回我栖身的桥洞，还有一次……”

“好了，”上帝微笑着打断了流浪汉的话，吩咐天使，“你带他去天堂吧!”

16

The Perfect Leaf

最完美的树叶

一位老和尚，要从两个徒弟中选一个做衣钵传人。

一天，老和尚对徒弟们说："你们出去给我拣一片最完美的树叶。"两个徒弟遵命而去。

时隔不久，大徒弟回来了，递给师傅一片并不漂亮的树叶，对师傅说，这片树叶虽然并不完美，但它是我看到的最完整的树叶。二徒弟在外面转了半天，最终却空手而归，他对师傅说，我见到了很多很多的树叶，但怎么也挑不出一片最完美的……最后，老和尚把衣钵传给了大徒弟。

人生，不要只是好高骛远，应该一步一个脚印地去拣你认为最完美的树叶。

17

Fortune

财富

一青年老是埋怨自己时运不济，发不了财，终日愁眉不展。

这天走过来一个须发俱白的老人，问："年轻人，干吗不高兴？""我不明白，为什么我总是这么穷。"

"穷？你很富有嘛！"老人由衷地说。

"这从何说起？"年轻人问。

老人不正面回答，反问道："假如今天斩掉你一个手指头，给你一千元，你干不干？""不干。"

老人又问："斩掉你一只手，给你一万元，干不干？"

"不干。"

"让你双眼瞎掉，给十万元，你干不干？""不干。"

“让你马上变成八十岁的老人，给一百万元，你干不干？”“不干。”

“让你马上死掉，给你一千万，你干不干？”“不干。”

“这就对了，你已经有了超过一千万的财富，为什么还哀叹自己贫穷呢？”老人笑吟吟地问。

青年愕然无言，但看得出他已心有所悟了。

18

A Story about the Positive Process

一个说明积极过程的故事

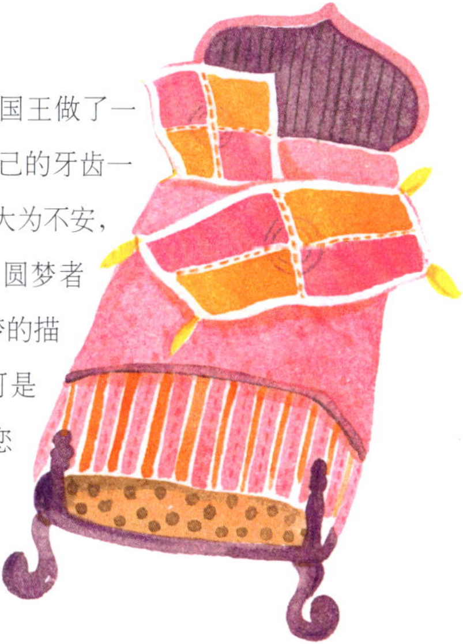

在中东，有一位国王做了一个可怕的梦，梦见自己的牙齿一个个地全掉光了。他大为不安，于是将圆梦者传来。圆梦者仔细地听完国王对梦的描述后说：“陛下，这可是一个坏的兆头，就像您一个个掉光的牙齿一样，您全家的人也将会一个个地先于您死去。”

国王听后大怒，命令将圆梦者投进监狱，并吩咐再传一个圆梦者来。

另一个圆梦者听完了国王对梦的描述后说：“陛下，这可是一个好兆头呀，梦的意思是，您将比您家里所有的人活得都长。”国王非常高兴，给了这个圆梦者一大笔赏钱。

大臣们十分不解，问这个圆梦者：“你所说的跟先前那个一样。”这个走运的圆梦者说：“说得对，我们两个人对梦的解释是同样的，但是，问题不在于你说些什么，而在于你是怎么说的。”

19

Mood for Making Tea

泡茶的心

日本江户时代有个茶师很喜欢武士的装扮。

一天，他一时兴起，打扮成武士上街闲逛，不巧碰上了一个真正的武士，茶师吓得头都不敢抬起来。

武士见茶师很惊慌，就说："拔出剑来，我要和

你比武。”茶师心想：若跟武士比武一定会死，但自己也是个得道的茶师，要死也要死得漂亮，于是就骗武士：“我要去办一件很重要的事，等办完了再来与你比武。”

茶师赶到全城最著名的剑道馆，恳求剑道师傅说：“请教我死得最漂亮的姿势，因为等一下跟人比剑，我一定会被杀死，但我要死得像个一流的武士。”剑道师傅要茶师先泡一壶茶给他喝，然后才肯教。

于是茶师就很专心地用毕生功力泡了此生最后一壶茶，剑道师傅喝了非常感动，他这辈子从没尝过这么好喝的茶。他告诉茶师：“你去比武时，心态就保持现在泡茶的样子。”茶师听了很开心，便回去跟武士比剑。

茶师把腰带扎紧，高举着剑，两只眼睛盯着武士。武士大吃一惊，心想：原来对手武功这么高强！吓得他把剑丢了，慌不择路地爬着离开。

20

The Basket of the Living

活人的篓子

一个人觉得生活很沉重，便去见哲人，寻求解脱之法。哲人给他一个篓子背在肩上，指着一条砂砾路说："你每走一步就捡一块石头放进去，看看有什么感觉。"那人照哲人说的去做了，哲人便到路的另一头等他。

过了一会儿，那人走到了头，哲人问有什么感觉，那人说："越来越觉得沉重。"哲人说："这也就是你为什么感觉生活越来越沉重的道理。当我们来到这个世界上时，我们每个人都背着一个空篓子，然

而我们每走一步都要从这世界上捡一样东西放进去,所以才有越走越累的感觉。"

那人问:"有什么办法可以减轻这种沉重吗?"

哲人问他:"那么你愿意把工作、爱情、家庭、友谊哪一样拿出来呢?"

那人不语。

哲人说:"我们每个人的篓子里装的不仅仅是精心从这个世界上寻找来的东西,还有责任。当你感到沉重时,也许你应该庆幸自己不是总统,因为他的篓子比你的大多了,也沉多了。"

21

Value of Life

生命的价值

有一个生长在孤儿院中的男孩常常悲观地问院长："像我这样没有人要的孩子，活着究竟有什么意思呢？"

院长一笑，交给男孩一块石头，说："明天早上，你拿这块石头到市场去卖，但不是真卖，记住，无论别人出多少钱，绝对不能卖。"

第二天，男孩蹲在市场的角落里，意外地看见有好多人向他买那块石头，而且价钱愈出愈高。回到院里，男孩兴奋地向院长报告，院长笑笑，要他明天拿到黄金市场去叫卖。在黄金市场，竟有人愿出比昨天高10倍的价钱买那块石头。

最后，院长叫男孩把石头拿到宝石市场去展示，结果，石头的身价比昨天又涨了10倍，更由于男孩怎么都不肯卖，竟被传扬为“稀世珍宝”。

男孩兴冲冲地捧着石头回到孤儿院，将这一切告诉给院长。院长望着男孩，缓缓地说：“生命的价值就像这块石头一样，在不同的环境下就会有不同的意义。一块不起眼的石头，由于你的珍惜、惜售而提升了它的价值，被说成稀世珍宝。你不就像这石头一样吗？只要自己看重自己，自我珍惜，生命就有意义，有价值。”

22

The Huge Eaves of the Wealthy Man

富翁的大屋檐

从前，有位善良的富翁要盖一栋大房子，他特别要求造房师傅把那四周的屋檐加长，这样就可使贫苦无家的人能在屋檐下暂避风雨。

房子建成了，果然有许多穷人聚集于檐下作栖身之处。

冬天，有个老人在檐下冻死了，大家交口痛骂富翁不仁。

富翁的房子因为屋檐特长，居然被夏天的一场飓风掀翻了顶，人们都说这是恶有恶报。

重修屋顶时，富翁叫工匠把屋檐改得小小的，他把省下来的钱捐给了慈善机构，让他们盖一间小房子，所能荫庇的人远比以前的屋檐少。

没有几年，富翁成了最受欢迎的人，即使在他死后，人们还因继续受他的恩泽而纪念他。

23

Our Poor Home

我们家多么贫穷

一天，富有的父亲带着小儿子去乡下旅行，想让他见识一下穷人是怎么生活的，他们在农场最穷的一户人家呆了一天一夜。

旅行结束后，父亲问儿子："旅行怎么样？"

"好极了！"

"这回你知道穷人是怎么过日子了？"

"是的！"

"有何感想？"

儿子回答："我发现咱家里只有一条狗，可是他们家里却有四条狗；咱家仅有一个水池通向花坛的中央，可他们竟有一条望不到头的小河；我们的花园里只有几盏灯，可他们却有满天的星星；还有，我们的院子只有前院那么一点儿，可他们的院子却有整个农场那么大！”

儿子说完，父亲哑口无言，接着儿子又说道：“感谢父亲让我明白了我们家有多么贫穷！”

24

It Is As It Is

原来是这样

在一家餐馆里，一位老太太买了一碗汤，在餐桌前坐下。她突然想起忘了取面包，便站起身，取了面包，重又返回餐桌。然而，她发现自己的座位上坐着一个黑皮肤男子，正喝着她的那碗汤。

老太太寻思："这人或许太穷了，我还是不作声算

了。不过，也不能让他一个人把汤全喝了。”于是，老太太拿了汤匙，与那人同桌，面对面地坐着，不声不响地用汤匙喝汤。就这样，一碗汤被两个人共喝着，一把汤匙被他们轮流使用着。两个人都默默无语。

这时，那人突然站起身，又去端来了一盘面条，放在老太太面前，面条里插着两把叉子。两个人继续吃着，吃完后，各自起身，准备离去。

“再见。”老太太说。

“再见。”那个黑皮肤男子愉快地答道。

那人走后，老太太才发现旁边的一张餐桌上，摆着一碗汤，这正是她忘了喝的那碗汤。

25

Life outside Painting

画外人生

从前，有一位画家想画一幅人人见了都喜欢的画。画毕，他拿到市场上去展出，画旁放了一支笔，并附上说明：每一位观赏者，如果认为此画有欠佳之处，均可在画中作上记号。

晚上，画家取回了画，发现整个画面都涂满了记号。没有一笔一画不被指责，画家十分不快。

画家决定换一种方法去试试，他又画了一幅同样的画拿到市场上展出，这一次，他要求每位观赏者将其最为欣赏的妙笔都标上记号。

当画家再次取回画时，发现画面又被涂满了记号——一切曾被指责之处，如今却都换上了赞美的标记。

画家不无感慨地说："我现在发现了一个奥秘，那就是在一些人看来是丑恶的东西，在另一些人眼里恰恰是美好的。”

26

Critics

评论家

一天傍晚，一个骑马到海边去的旅行家来到一家坐落在路旁的旅店。他下了马，像其他骑马去海边的人一样，他也相信世人的诚实和夜晚的安全。于是，他把马系在门旁一棵树上，走进旅店。

夜深人静时，来了一个贼，偷走了他的马。

第二天早晨，旅行家醒来，发现马被偷了。他既为丢了马而难过，也为有人居然会做贼而伤心。

这时，其他一些旅客走过来，围着他议论起来。

其中一个人说："你真蠢，怎么把马系在马厩外边呢？"

另一个人说："更蠢的是，连马腿也没捆起来。"

第三个人说："最蠢不过的是骑着马到海边旅行。"

第四个人说："有马的人，不是懒汉就是走不动路。"

旅行家大为惊讶，最后他终于喊道："朋友们，就因为我的马被偷了，你们就一个个迫不及待地跑来教训我，但奇怪的是，对偷我马的那个人，你们却连一句责备的话也没说。"

27

A Piece of Coin

一枚硬币

两个年轻人一同寻找工作，一个是英国人，一个是犹太人。

一枚硬币躺在地上，英国青年看也不看地走了过去，犹太青年却激动地将它捡起。

英国青年对犹太青年的举动露出鄙夷之色：一枚硬币也捡，真没出息！

犹太青年望着远去的英国青年心生感慨：让钱白白从身边溜走，真没出息！

两个人同时走进一家公司。公司很小，工作很累，工资也低，英国青年不屑一顾地走了，而犹太青年却高兴地留了下来。

两年后，两人在街上相遇，犹太青年已成了老板，而英国青年还在寻找工作。英国青年对此不可理解，说：“你这么没出息的人，怎么能这么快地‘发’了？”犹太青年说：“因为我没有像你那样绅士般地从一枚硬币上迈过去。你连一枚硬币都不要，怎么会发大财呢？”

英国青年并非不要钱，可他眼睛盯着的是大钱而不是小钱，所以他的钱总在明天。这就是问题的答案。

28

Inward Lock

心里有把锁

老锁匠一生修锁无数，技艺高超，为人正直。老锁匠老了，为了不让他的绝技失传，他物色了两个徒弟。一段时间以后，两个年轻人都学会了不少东西，但两个人中只有一人能得到真传，老锁匠决定对他们进行一次考试。

老锁匠准备了两个保险柜，分别放在两个房间，让两个徒弟去打开。结果大徒弟只用了不到十分钟就打开了保险柜，而二徒弟却用了半个小时。众人都为大徒弟的高超技艺喝彩。

老锁匠问大徒弟："保险柜里有什么？"大徒弟眼中放出了光彩："师傅，里面有很多钱，全是百元大钞。"问二徒弟同样的问题时，二徒弟支吾了半天说："师傅，我没有看见里面有什么，您只让我打开锁。"

老锁匠十分高兴，郑重地宣布二徒弟为他的接班人。大徒弟不服，众人不解，老锁匠微微一笑说："不管干什么行业都要讲一个信字，尤其是干我们这一行，必须做到心中只有锁而无其他，对钱财视而不见，心上要有一把不能打开的锁。"

29

Maintain Humble

保持谦卑的心

一位出身富有的学生，趾高气扬地向同学炫耀，他家在雅典拥有一望无边的肥沃土地。当他口若悬河地大肆吹嘘的时候，他的老师拿出一张世界地图，对他说："麻烦你指给我看看，亚细亚在哪里？"

"这一大片全是。"这学生指着地图洋洋得意地

回答。

“很好。那么，希腊在哪里?”老师又问。

学生好不容易在地图上将希腊找出来，但和亚细亚相比，希腊太小了。

“雅典在哪里?”老师再问。

“雅典?这就更小了，好像是在这儿。”学生指着地图上的一个小点说。

老师看了看他的学生，最后说：“现在请你再指给我看看，你家那一望无边的肥沃土地在哪里?”

学生尴尬得满头大汗，因为他当然不可能会在地图上找到他家那一片肥沃的土地。

不管我们拥有什么，拥有多少，拥有多久，都只不过是拥有极其渺小的瞬间。人誉我谦，又增一美；自夸自败，又增一毁。无论何时何地，我们都应保持一颗谦卑的心。

30

Each Flower Has Reason to Bloom

每朵花都有盛开的理由

在电视上看“十佳教师”的事迹报告，有一位姓方的女教师，讲述了发生在她身上的真实故事。

方老师的丈夫在外地工作，他们有一个4岁的女儿；方老师教初三数学，同时担任班主任工作。她每天早出晚归，工作兢兢业业。

有一天，学校要进行模拟考试，一大早，女儿说自己“特别冷”，方老师没在意。晚上她把女儿接回家，女儿又说“特别困”，方老师便让女儿睡觉，自己急匆匆地赶到学校去看学生晚自习。

第二天，孩子说没力气起床，要求不上幼儿园了，她也就答应了。

第三天，孩子说眼睛看不见东西，方老师便带女儿去医院检查。结果，医生说，孩子因为高烧，角膜已经软化穿孔，彻底失明了……

方老师讲到这里不由得呜咽起来。但她平静了一下情绪，马上接着说：“那一届学生十分争气，有一半学生考上了省重点高中。每朵花都有盛开的理由。虽说为了他们的成功我付出了高昂代价，但他们的成功是我一生的安慰与自豪！”

31
Beggar or Business Person
乞丐还是生意人

一个人经过热闹的火车站前，看到一个双腿残障的人，摆着一个卖口香糖的摊子。他漫不经心地丢下一百元，当作施舍。

但是走了不久，这人又回来了，他抱歉地对残疾人说："不好意思，你是一个生意人，我竟把你当成一个乞丐。"

过了一段时间，他再次经过火车站，一个店家的老板在门口微笑地喊住他。"我一直期待你的出现，"那个残疾人说，"你是第一个把我当成生意人看待的人，你看，我现在算是一个真正的生意人了。"

32
Charcoal and Agalloch Eaglewood
木炭和沉香

有一位年老的富翁，他非常担心自己的万贯家产在百年之后会给娇生惯养的儿子带来祸害。于是，他便把儿子叫来，给儿子讲了自己白手起家，艰苦创业的故事。儿子十分感动，决定外出寻找财富，发誓不找到宝物决不回家。

儿子打造了一艘大船远涉重洋，后来在热带雨林中找到了一种会散发出香气的树木。于是，儿子就把这种树木运回家乡，搬到市场上去卖，可是却无人赏识，更令人气恼的是，旁边一个卖木炭的小贩却总是生意兴隆。

第二天，儿子把那种香木也烧成了木炭，挑到市场上后也很快就卖完了。

其实，儿子烧成木炭的香木，正是这个世界上珍贵无比的“沉香”，只要切下一小块磨成粉末，价值就超过了一车的木炭。

人生最大的缺憾就在于盲目地和别人比较……

33

What Remains Is All Profit

余下都是利润

小镇上有一位五金店老板，从事这一行已有二十多年，生意一直很好。但他对会计业务不在行，不习惯用账簿。他把支票放在一个棕色的大信封内，把钞票放在雪茄盒里，到期的账单都插到票插上。

一天，他那个当会计师的儿子来探望他，说："爸爸，我实在搞不清你是怎么记账的，你根本无法核算成本和利润。我替你设计一套现代化会计系统好吗？"

老头说："不必了，孩子，我心里有数。我爸爸是个农民，他去世时，我名下的东西只有一条工装裤和一双鞋。后来我离开农村，跑到城里，辛勤工作，终于有了这家五金店。今天，我有妻子和3个孩子，你哥哥当了律师，你姐姐当了编辑，你是个会计师。我和你妈住在一所很不错的房子里，还有2辆汽车。我是这家五金店的老板，而且不欠人家一分钱。”

老头停了一下，接着说，“我的会计方法很简单，把这一切加起来，扣除那条工装裤和那双鞋，余下都是利润。”

34

Into Strangeness

走进陌生

一位青年，在家门口做了6年生意，贩过菜，倒过服装，卖过鸭子，然而每次都因生意不好而歇业。后来，他因一个偶然的机会去了青海，发现那儿没有卖海带的，于是便电告父亲发10箱海带过去。谁知一发而不可收拾，3年后，他成了那儿的海产品大王，并且把连锁店办到新疆和西藏，如今资产逾百万。

有一年，他回老家，发现在他熟知的那条街上，竟然布满温州人的眼镜店、安徽人的烤鸭摊、湖南人的竹器铺、广东人的小家电公司，并且个个生意红火，而当年与他一起做生意的几个伙伴，要么北上哈尔滨，要么南下海口、深圳，他们都把家门口的市场留给了外地人，自己则去外地找市场去了。

太熟知或太了解，有时并不一定是优势，倦怠和疲惫、迟钝和漠然，往往就产生于熟知和了解之中；陌生则正好相反，它蕴含着新奇、刺激和商机。因此走进陌生的人，往往会撞上成功的机遇，会发现新的道路，会见到别有洞天的风景。

35

Super Salesperson
超级售货员

一个百货公司的老板问他的一个新售货员："你今天服务了多少客户？"

"一个。"小伙子回答。

"只有一个？"老板说，"你的营业额是多少呢？"

售货员回答："58334美元！"

老板大吃一惊，让他解释一下。"首先我卖给他一个鱼钩，然后卖给他鱼竿和鱼线。接着我问他在哪儿钓鱼，他说在海滨，于是我建议他应该有一艘小艇，于是他买了一艘20英尺长的快艇。当他说他的轿车可能无法带走快艇时，我又带他到机动车部卖给他一辆福特小卡车。"老板惊讶地说："你卖了这么多东西给一位只想买一个鱼钩的顾客？"

售货员回答："不，他来只是为治他妻子的头痛而买一瓶阿司匹林的。我告诉他，夫人的头痛，除了服药外，似乎更应该注意放松。周末快到了，你可以考虑去钓鱼。"

从别人的角度考虑问题，自己也有可能得到意想不到的收获。

36 The Rich Only Loans One Buck

富豪只借一美元

一位富豪走进一家银行，来到贷款部前，举止得体地坐下来。

“先生，您有什么事需要我们服务吗？”贷款部经理一边打量着来者，一边热情地问道。

“我想借点钱！”富豪回答。

“可以，您想借多少呢？”

“一美元。”

“一美元？只借一美元？”贷款部经理惊诧地看着他。

“是的，我只需要借一美元，可以吗？”

“当然。只要有担保，借多少都可以。”经理彬彬有礼地说。

“好吧。”那人从皮包里取出一沓股票、债券放在桌上:“这些票据做担保可以吗?”

经理清点之后说:“先生,总共50万美元,做担保足够了,不过,先生,您真的只借一美元吗?”“是的。”富豪不动声色地回答。

经理干脆地说:“好,请办理手续吧,年息6%,只要您付出6%的利息,一年后我们便把这50万美元的股票、债券都还给您。”

“谢谢!”富豪办完手续后,从容离去。

一直在一旁观望的银行行长怎么也不明白，一个拥有50万美元的人，怎么会跑到银行来借一美元呢？于是，他追了上去，大惑不解地问："对不起，先生，我实在弄不懂，您拥有50万美元的家当，为什么还要借一美元呢？"

"好吧，我可以把实情告诉你。我到这里来办事，需要有一段时间，随身携带这些有价票据很不安全，我曾到过几家金库，想租他们的保险箱，但租金都很昂贵，我知道贵行的保安很好，所以就将这些票据以担保的形式寄存在贵行，况且借款利息很便宜，一年只要支付6美分。"

行长恍然大悟：有头脑又有金钱的人是幸运的，他们能用头脑支配金钱，而只有金钱没有头脑的人则是不幸的，因为他们的头脑被金钱所支配。

37

The Beggar's Bowl

乞丐的钵子

傍晚，有个路人把钱放在一个乞丐的钵子里，另一个路人走上去对他说："现在百分之九十的乞丐都是假的，你当心他拿你的钱去花天酒地。"

那个路人想了想说："只要做了乞丐就没有假的，因为他伸手要钱的时候，心情就是乞丐了。心情是乞丐的人，即使他四肢完好，体魄健壮，家财万贯，也仍然是个乞丐，便值得同情，值得施舍。"

同样的，一个穷人只要有富有的心情，他就是一个富人了。

38

Spiritual Venue

心灵空间

一位诗人信仰佛教，对佛学颇有造诣。一次与方丈论经，两人坐于蒲团之上，唇枪舌剑，争辩了许久。

方丈说：“我在你的眼里是什么？”

诗人说：“方丈你在我眼里是一堆牛屎。”

方丈微微一笑，说：“施主你在我眼里是一朵花。”诗人满意而归，与妻子言及此事，妻子说：“佛家有言，心在地狱缘恶念，你心中有牛屎，才会把别人看成牛屎。”

诗人听罢，满脸愧色。

39

Gold in Books

书中自有黄金

一个银行家和一个有文化的人打赌，商定若是那个人能在一个屋里呆15年，不和任何人交往，只是读书，银行家就输给他两百万美元。那个人答应了。

于是一场为期15年的赌赛开始了。银行家每天派人送书送饭。那人起初只要娱乐性的书，后来他开始读历史、传记和自然科学，再后来，他阅读的书籍种类更丰富了，天文地理无所不包。

15年期满时，银行家意外地破产了，他准备杀掉那个人以逃掉两百万元的债务。但当他进入那间屋子时，却发现打赌的那个人早就走了。桌上留下了一张纸条，纸条上说：这15年的读书生活给了我无比的财富，我已经不需要那些钱了。

40

Open the Drawer of Your Concept

打开你观念的抽屉

报社的一位年轻记者去采访日本著名的企业家松下幸之助。

年轻人很珍惜这次采访机会，做了认真的准备，因此，他与松下先生谈得很愉快。采访结束后，松下先生亲切地问年轻人：“小伙子，你一个月的薪水是多少？”

“薪水很少，一个月才一万日元。”年轻人不好意思地回答。

松下先生微笑着对年轻人说：“很好！虽然你现在的薪水只有一万日元，其实，你知道吗？你的薪水远远不止这一万日元。”

年轻人听后，感到非常奇怪。看到年轻人一脸的疑惑，松下先生接着说：“小伙子，你要知道，你今天能争取到采访我的机会，明天也就同样能争取到采访其他名人的机会，这就证明你在采访方面有一定的潜力。如果你能多多积累这方面的才能和经验，这就像你在银行存钱一样，钱存进了银行是会生利息的，而你的才能也会在社会的银行里生利息，将来能连本带利地还给你。”

松下先生的一番话，打开了年轻人观念的抽屉，使他茅塞顿开。

许多年后，已经做了报社社长的年轻人，回忆起与松下先生的谈话时，深有感触：对于年轻人来说，注重才能的积累远比注重目前薪水的多少更重要，因为它是每个人最厚重的生存资本。

41

Lose and Own

失去与拥有

有位企业家在商场上有着惊人的成就。

当他的事业达到巅峰的时候，有一天，他陪同他的父亲，到一家豪华餐厅用餐，现场有一位琴艺不凡的小提琴手正在为大家演奏。这位企业家在聆听之余，想起当年自己也曾学过琴，便对他父亲说："如果我从前好好学琴的话，现在也许就会在这儿演奏了。"

"是呀，孩子，"他父亲回答，"不过那样的话，你现在就不会在这儿用餐了。"

人们常常为曾经失去的机会而嗟叹，却往往忽视了为现在拥有的成就而感恩。

42

Life and Death

生与死

有一个年轻人，妻子在生孩子的时候，由于难产，结果母子俩都死了。一时间，他接受不了这个打击，几次想上吊自杀。

村里的一位智者决定去看看他，希望能说服这位不幸的人，使他好好地活下去。智者到年轻人家里之后，却什么也没有说，就带着那个人出去了。他们来到一棵弯腰树下，树下有一根绳子，智者说："村里曾经有一个人，用这根绳子结束了自己的生命。"

接着智者又带着年轻人来到一口井旁，说："曾经有一个人掉进了井里，可他拽着绳子爬了上来。"

智者语重心长地说道："这就是两根绳子的不同用途。年轻人啊，一根绳子，既可以是上吊的绞索，也可以是拯救自己的工具。对于一个处在人生低谷的人来说，你可以拿着去上吊，也可以拿着去拯救自己。"

原来生与死、成功与失败的差别就那么简单，就看我们在遭遇了挫折、遭遇了不幸的时候，是拿着绳子上吊，还是拿着绳子向上攀爬。一念之间，不同的心态，不同的选择，就会有不同的结果。

年轻人恍然大悟。

43

Chivalrous Swordsman

剑客

一名剑客去拜访一位武林泰斗，请教他是如何练就非凡武功的。

武林泰斗拿出一把只有一尺来长的短剑，说："多亏了这把好剑，才让我有了今天这样的成就。"

剑客大为不解，问："别人的剑都是三尺三寸长，你的剑才一尺来长。兵器谱上说：剑短一分，险增三分。拿着这么短的剑无疑是处于一种劣势，你怎么还说这剑好呢？"

武林泰斗说："就因为在兵器上我处于劣势，所

以我才会时时刻刻想到，如果与别人对阵，我是多么地危险，所以我只有勤练剑招，以剑招之长补兵器之短。这样一来，我的剑招不断进步，劣势就转换成优势了。”

的确，优势和劣势并不是绝对的。把自己放在劣势，就是给自己增加压力，为自己注入进取的动力。敢于把自己放在劣势的人，最终就有可能将劣势转化成优势。

44

Sell Purity

出卖纯净

有个人很想致富，见人家卖矿泉水卖得好，就出发到处找水。

乘火车乘到铁路尽头，再沿小路走了七八公里，终于被他找到了很好的水源。取样化验，不仅富含几十种有益人体健康的微量元素，更可贵的是，那水没受过任何污染，纯净极了。专家说：用它做成的矿泉水，品质绝对一流。

他欣喜若狂，立即贷款、修路、投资办厂。第一批产品出厂了，他信心十足地准备投放市场。一检查，却细菌超标。检查了全部生产环节，却找不出原因。于是，他再回头化验生产所用的水，毛病果然在此，水已被严重污染，急问可有办法对付，专家说：办法只有一个，从现在起完全停用，细加保养，五年后可望重新启用，投入生产，但想要它恢复到从前的纯净，怕是不可能了。

不幸的他顿觉五雷轰顶，他知道祸首正是自己，是自己派去修路盖房的人污染了它。

他终于明白，纯净可以被赞美、被欣赏，甚至可以被享用，但纯净是无法出卖的，一旦出卖，纯净就再也不纯净了。

45

Icy Heart

冰冷的心

二十年前，他曾是庙里的小沙弥，极得方丈宠爱。可他在一夜之间动了凡心，偷偷下山。

从此，五光十色的城市迷住了他的眼睛，他在花街柳巷中放浪形骸。

一天深夜，他陡然惊醒，窗外澄明、清澈的月光洒在他的掌心上。他幡然醒悟，顿生悔悟之心，披衣而起，快马加鞭赶往寺里。

他跪在方丈面前乞求允许他再进寺门，方丈只是摇头：“你罪孽深重，若想佛祖饶恕，除非——”方丈信手一指佛桌，“连桌子也会开花。”

浪子失望地离开了，从此又堕入了他原本的荒唐生活。

而就在他离开方丈之后，佛桌上果然开出了鲜花，但鲜花只开放了短短的一天……

这天夜里，方丈圆寂，临终留下遗言：这世上没有什么歧途不可以回头，而让奇迹陨灭的，只是一颗冰冷的心。

图书在版编目(CIP)数据

天差地别仅在一念间／何承伟主编
《故事会》编辑部编.－上海：上海文艺出版社，2011.8
ISBN 7－5321－3068－1

Ⅰ.天... Ⅱ.①何..②故... Ⅲ.故事－作品集－
中国－当代 Ⅳ.1247.8

中国版本图书馆 CIP 数据核字(2006)第 079357 号

主　　编　何承伟
责任编辑　维　恩　潇　白
装帧设计　周艳梅
内页插图　邵　谧　安　吉

天差地别仅在一念间

出版发行　上海文艺出版社
(200020　上海绍兴路 74 号)
印　　刷　上海文艺大一印刷有限公司
开　　本　889 × 1194 毫米　1/64　插页　4
印　　张　1.375
字　　数　38 000
版　　次　2006 年 8 月第 1 版　2011 年 8 月第 3 次印刷
印　　数　12,601－14,800 册
书　　号　ISBN 7－5321－3068－1 /I · 2349
定　　价　10.00元

本书批销、零售联系电话：021－54667902

本书系选编本，由于少量作者的联系地点难以找到，故无法付酬，请有关作者见书后及时与上海故事会文化传媒有限公司联络。(021－64372608 转 责任编辑)